Unterwürfige Studentin

Herrschaft und erotische Unterwerfung

Erika Sanders

Unterwürfige Studentin

Erika Sanders

Serie

Herrschaft und erotische Unterwerfung

Zusammenfassung

Unterwürfige Studentin ist eine Geschichte mit stark erotischem BDSM-Inhalt und gehört wiederum zur Erotic Domination-Sammlung, einer Reihe von Romanen mit hohem romantischem und erotischem BDSM-Inhalt.

(Alle Charaktere sind 18 oder älter)

Anmerkung zum Autorin:

Erika Sanders ist eine international bekannte Schriftstellerin, die in mehr als zwanzig Sprachen übersetzt wurde und ihre erotischsten Schriften, fernab ihrer üblichen Prosa, mit ihrem Mädchennamen signiert.

Index:

UNTERWÜRFIGE STUDENTIN
ERIKA SANDERS

11

KAPITEL 1

"Ihre erste Aufgabe basiert möglicherweise auf verschiedenen Literaturstücken, aber denken Sie daran, dass es wichtig ist, sich auf die zugrunde liegenden Themen, Motive und die kulturelle Einstellung der Werke zu konzentrieren."

Professor Geoffrey Johnsons Stimme klang im ganzen Raum.

Mit dunkelgrünen Augen, braunen Haaren und einem schlanken Körper, der etwa zwei Meter groß war, strahlte er Charme, Autorität und Selbstvertrauen aus.

Er stellte die zwanzig Studenten in seiner Abschlussklasse Exploration of Historical Cultures aus.

Sie alle schienen aufmerksam zuzuhören und nahmen es offensichtlich sehr ernst als Thema ihres Kurses.

Sie haben natürlich viel von ihm erwartet.

Obwohl er sein erstes Lehrjahr hatte, war er mit achtundzwanzig Jahren eines der jüngsten Mitglieder der Fakultät und hatte sich schnell den Ruf erarbeitet, ein harter Lehrer mit einem strengen Lehrplan zu sein.

Tatsächlich waren viele Studenten abgewiesen worden oder standen auf der Warteliste, um den Kurs in diesem Semester zu belegen.

"Zum Beispiel könnten Sie sich für etwas Klassisches wie The Odyssey entscheiden oder sich von den Grenzen liturgischer Utensilien entfernen und etwas ... Attraktiveres schaffen; aber ich bezweifle, dass einer von Ihnen mich das erste Mal beeindrucken wird", fuhr er fort.

Sein Blick fiel auf ein schwarzhaariges Mädchen in der zweiten Reihe, das ihn mit hellgrauen Augen und einer eleganten Brille mit schwarzem Rand anstarrte.

Sie hatte einen besorgten Gesichtsausdruck mit einem leichten Stirnrunzeln und schönen rosa Lippen.

"Irgendwas stimmt nicht, Miss ...", er sah auf seine Liste von "Sanchez?"

Sie antwortete.

"Ähm ... Nein. Jeannie, bitte. Die meisten Leute nennen mich Jeanny."

"Ich bin nicht die meisten Leute, Miss Sanchez. Aber Sie werden es früh genug herausfinden. Jetzt, wie ich schon sagte ..."

Aber Jeannie hatte aufgehört zuzuhören.

Es war sein erstes Jahr als Doktorand, und mit zweiundzwanzig war es ihm endlich gelungen, weit genug von zu Hause und der Familie weg zu reisen, um einen Anschein von Freiheit und Unabhängigkeit zu haben.

Sie hatte sich so lange auf College-Erfahrungen und ein aufregendes Leben gefreut, und es war eine Überraschung, arrogante, attraktive Professoren auf ihrer Wunschliste zu finden.

Warten Sie, sexy?

Sie schüttelte den Kopf und versuchte, ihre Gedanken zu klären.

Was meinten Sie mit "Ich bin nicht die meisten Menschen"?

Sie musste mit ihm über diese Aufgabe sprechen, aber seine Manieren während des Unterrichts hatten sie nur eingeschüchtert und gleichzeitig gehänselt.

Vage hörte er die Geräusche von Papieren und Menschen, die den Raum verließen.

Sie kam aus ihren Träumereien, schnappte sich ihre Sachen und ging.

Aus den Augenwinkeln sah Geof, wie er als enge Freunde und Familie bekannt war, Jeannie gehen.

Sie trug einen gelben Kragenpullover, einen schwarzen Rock und Leggings und war ein sehr attraktives Bild.

Sie war an den richtigen Stellen kurvig und ihr Pullover deutete auf große, runde Brüste hin, die sie gerne berühren, streicheln und saugen würde.

Wenn nur...

Sie war eine Studentin, weil sie laut geschrien hatte!

Sie ging an ihm vorbei, eine leichte Farbe auf ihren Wangen und er fragte sich ...

"Miss Sanchez", seine Stimme drang über die Grenzen des leeren Raums.

Sie drehte sich um und sah ihn erwartungsvoll an.

"Es schien, als hättest du Bedenken bezüglich der Hausaufgaben. Komm morgen in mein Büro, bitte, um darüber zu diskutieren."

Bevor sie antworten konnte, kam er heraus und strich leicht über ihre Schulter.

Die Berührung war elektrisch.

Er hörte sie leise nach Luft schnappen, hielt eine Millisekunde inne und ging weiter, ohne sich umzusehen.

Hatte er sie gerade in sein Büro geschickt?

Jeannie wusste nicht, was sie damit anfangen sollte.

Woher wusstest du, dass sie ein dringendes Problem mit ihrem zugewiesenen Job hatte?

Hatte er mehr als das die knisternde Elektrizität gespürt?

Er war ein Lehrer!

Du solltest nicht so denken!

Aber warum konnte er nicht anders, als auf seine breiten Schultern zu schauen, die sich in die Ferne zurückzogen?

KAPITEL 2

Er hörte das leise, vorsichtige Klopfen an der Tür.

Gut.

Sie war verwirrt.

Er konnte es fühlen.

"Komm rein", intonierte er.

Er wusste nicht, wie er sicher war, dass sie diejenige an der Tür war, aber er tat es.

Sie schlüpfte hinein und schloss schweigend die Tür hinter sich.

"Hallo Professor", grüßte er nervös.

Seine Augen fingen sie auf.

Ihr Haar war leicht um ihre Schultern gescheitelt, und sie trug braune Stiefel, ein smaragdgrünes Pulloverkleid und Strümpfe.

Auf einen Hinweis von ihm hin setzte sie sich auf den Stuhl gegenüber ihrem Schreibtisch.

Er räusperte sich.

"Also, Jean. Wie kann ich dir helfen?"

Sie fing an.

"Hilf mir? Du hast mich gebeten zu kommen."

Jean? War er ein bipolarer Mann? Was ist mit Frau Sánchez und "Ich bin nicht wie die meisten Menschen" passiert?

"Ja, weil ich dachte du hättest Fragen zu Hausaufgaben ..."

"Nun ja. Aber ... woher weißt du das? ..."

Er hob einfach die Augenbrauen.

"Egal, denke ich", fuhr sie hastig fort. "Ich habe Probleme mit der Frist. Ich verstehe, dass Sie möchten, dass sie am Freitag der nächsten Woche endet, aber ich habe dringende persönliche Probleme, die mich nicht rechtzeitig präsentieren lassen. Ich hatte gehofft, dass Sie mir eine Verlängerung gewähren würden. Im Gegenzug könnte ich ein Dokument schreiben länger oder vielleicht zwei Jobs oder etwas anderes erkunden, das die Zeitdauer rechtfertigt."

Seine Brust hob sich, als er mit dem Armband am Handgelenk spielte, zweifellos eine nervöse Geste.

Er beobachtete alles auf beiläufige Weise und behielt jederzeit ein Pokerface bei.

Was dachte dieser Mann?

"Das ist zu viel verlangt für die erste Woche des Semesters, Jean."

Da war es wieder, diese starke Betonung auf eine Kurzversion seines Namens.

Niemand nannte sie Jean.

Jeanny, ja, aber er hatte diesen Spitznamen bereits abgelehnt.

Sie hielt den Atem an. Sie brauchte diese Erweiterung wirklich sehr.

"Okay, ich gebe Ihnen die Erweiterung, aber unter einer Bedingung. Ich möchte nicht, dass Sie Ihren Aufsatz auf etwas Klassisches stützen. Konzentrieren Sie sich auf ein anderes, weniger konventionelles, mächtigeres Thema oder Thema, vielleicht sogar ..." Er hielt inne.

"Sogar?", Fragte sie mit schwerem Atem.

Es war etwas an der Intensität seiner Stimme, der zugrunde liegenden Leidenschaft in seinen Augen, der glasigen Begeisterung in seiner Haltung, die ihre Finger beugte.

Das ließ sie denken, dass er über etwas mehr als einen Job sprach.

"... mit erotischer Kraft", seine Worte schwebten in der Luft, seine Augen waren auf ihre gerichtet.

"Wie ist das?"

"Soll ich es dir wirklich zeigen, Jean?"

Lautlos nickte sie.

"Kannst du es geheim halten, Jean? Ich kann dir den Unterschied, die Macht, das Geheimnis, die Intrige und vor allem dich selbst zeigen. Aber dafür musst du ein Geheimnis bewahren."

Sie starrte ihn mit großen Augen an, als er um den Tisch herum kam und sich ihr langsam, vorsichtig und räuberisch näherte.

Er blieb hinter ihrem Stuhl stehen und beugte sich vor, bis sein Mund einen Zentimeter von ihrem Ohr entfernt war.

Gänsehaut trat an ihrem Körper auf, als sie sein unglaublich leckeres Köln einatmete.

Er roch eine Mischung aus Mann und Moschus und strahlte eine wilde Hitze aus, die sie überraschte.

"Kannst du ein Geheimnis für dich behalten, junge Dame?"

Sie atmete ein, während die warme Luft ihren Hals kitzelte.

Sie drehte sich um und sah in seine flüssigen grünen Augen und nickte erneut leise.

"Bist du sicher? Dies ist das letzte Mal, dass ich ihn frage, Jean, und dann wird es kein Zurück mehr geben. Dies wird kein Diskussionsthema mehr sein", fragte er und streichelte leicht ihre Kehle.

Er hörte ein leises Stöhnen und lächelte.

"Zeigen Sie es mir, Professor Johnson", flüsterte sie.

"Wir sind jetzt Freunde, richtig? Du kannst mich Geof nennen", sagte er.

"Zeig es mir, Geof", murmelte er mit lauterer Stimme.

Das war die ganze Einladung, die er brauchte.

Er begann leicht ihre Schultern zu massieren und spürte die gespannten Knoten in ihrem Rücken.

"Schließ deine Augen, Jean. Fühle meine Berührung. Fühle, wie meine Finger deine Schultern streicheln, mein Atem gegen deine Haut, meine Stimme in deinem Kopf", murmelte er.

Seine Hände glitten langsam über den Riemen des Ein-Schulter-Kleides, seine Hände glitten über ihre glatte Haut.

Sie saß regungslos da und spürte, wie sich die flüssige Hitze zwischen ihren Beinen entwickelte.

Sie wusste nicht, wie oder warum das passiert war, aber Gott, sie wollte nicht, dass er aufhörte.

Seine Hände glitten weiter über ihren Arm zu ihrem Ellbogen und dann wieder nach oben.

Langsam fuhr er mit einer Hand von ihrem Schlüsselbein zu ihren Brüsten, bewegte sich unter ihrem Kleid und strich über den oberen Teil ihrer rechten Brust.

Sie zuckte erwartungsvoll zusammen, ihre Brustwarzen waren bereits gespannt und achteten darauf.

Der Mann hatte sie kaum berührt und sie war schon ein zitterndes Durcheinander.

Zoll für Zoll, verführerisch, qualvoll, bewegte sich seine Hand tiefer und unter dem Stoff ihres BHs.

Seine andere Hand setzte ihre Massage auf ihrer anderen Schulter fort, die immer noch bedeckt war.

"Fühle das, Jean", hauchte er erneut, diesmal näher an ihrem Ohr, und sandte einen elektrischen Schlag über ihren Rücken.

Sie spürte, wie seine Finger ihre rechte Brust umfassten und sie spürte, wie er sich ihrer Brustwarze näherte.

Aber er streichelte sie nur, umkreiste sanft ihre Brustwarze und berührte sie nicht.

Er machte sie verrückt.

"Oh bitte!" sie stöhnte.

"Still ... junge Dame. Geduld."

Er setzte sein sanftes Spiel fort und verstärkte seine Raserei.

Plötzlich küsste er ihren Nacken und drückte gleichzeitig ihre Brustwarze fest.

Sie schauderte fast vor Orgasmus, stöhnte und stöhnte, als er den engen kleinen Kokon drückte und kniff.

"Oh, du bist so schön, Jean. So schön, eifrig und so entblößt."

Er stand immer noch hinter ihr, drehte seinen Kopf und sein Mund schloss sich über ihrem.

Ihr Mund schmeckte nach Vanille und Gewürzen und ihr einzigartiger Duft ließ ihn die Kontrolle verlieren.

Seine weichen Lippen gaben nach und seine Zunge drang mit einer Wildheit in ihren Mund ein, die sie noch nie zuvor gekannt hatte.

Er musste sie auf seine eigene Weise und bald haben.

Der Anblick ihrer runden Brust in seiner Hand, obwohl sie von Kleidung bedeckt war, ihre überwilligen Reaktionen und ihr unschuldig verletzliches Keuchen machten ihn verrückt.

Ohne den Kuss zu stoppen, zwang er sie auf die Füße, drückte sie gegen sich selbst und nahm ihren Mund mit einer blinden Leidenschaft, die er nicht erwartet hatte.

Sie reagierte im Tandem, fuhr sich mit den Händen durch die Haare, kam näher, atmete unregelmäßig und entzückend, als ihre Hände ihren Rücken und ihren Arsch durchstreiften.

Seine Hände liefen über ihre bedeckten Schenkel, bis zu ihren Knien und langsam wieder hoch.

Er ging weiter an ihrem Bein hoch und hielt nur leicht inne, als er die nackte Haut an ihren Strümpfen berührte.

Er kletterte weiter und küsste sie immer noch mit dem Rücken zum Tisch mit ihrem Körper gegen ihn.

Er bewegte ihr Höschen, bewegte sich flach über ihren Bauch und griff nach dem vorderen Reißverschluss ihres roten Spitzen-BHs.

Geschickt knöpfte er es auf und ließ ihre Brüste los.

"Trägerlos, Miss Sanchez? Ich stimme zu", sagte sie anerkennend, als sie ihren BH unter ihrem Kleid hervorholte. "Ich denke, ich werde das bei mir behalten."

Er brachte seinen Mund zu ihrem, als sie nach Luft schnappte, stöhnte und stöhnte, als seine Hände über ihre Brüste wanderten, sie kneteten und streichelten, mit andauernden verrückten Prisen gegen ihre Brustwarzen.

Ihre Hände wanderten über seinen Rücken und ihre Hüften ruhten gegen seine wachsende Erektion.

Sie liebte diesen Mann und sie kümmerte sich nicht um ihren privaten Wunsch, etwas länger auf ihren Freund zu warten.

Was er nicht wusste, würde ihn nicht verletzen.

Sie spürte, wie er seine Hände nach unten schob und seine Hände sich in die weichen Locken bewegten, die in ihrem Höschen versteckt waren.

Seine Hände bewegten sich weiter, trotz der Art, wie sie sich anspannte, was sie wusste, dass er gefühlt haben musste.

Vorsichtig, sinnlich und anbetend teilte er ihre Lippen und fuhr mit einem Finger über ihre feuchte Muschi.

Sie krampfte sich bei seiner Berührung fast zusammen.

Er hielt eine rhythmische Bewegung aufrecht, bewegte seinen Finger auf und ab und konzentrierte sich dann auf ihren Kitzler.

Er rieb die kleine Knospe in kreisenden Bewegungen und ahmte die Bewegung mit seiner Zunge nach, als er sie küsste.

Sie stöhnte, aber er hörte nicht auf.

Unruhig konzentrierte er sich auf ihren Kitzler und sie drückte sich gegen ihn.

"Oh bitte, oh bitte. Geof, oh Gott, Geof", schrie sie.

"Das ist richtig, gib es mir, Jean, gib dich mir. Zeig, dass du bereit bist."

"Oh Geof bitte oh oh oh ..." Er rieb sie weiter und als er ihre Freilassung spürte, schob er einen langen Finger in sie und fickte sie langsam, als sie um ihn herum kam. "Oh, ah, Gott, Geof, oh, etwas ist los ..." und sie explodierte an ihren Fingern.

Er spürte, wie sich ihre enge Muschi an seinen Fingern zusammenzog, wie sich ihr Kitzler noch mehr verhärtete und schwelgte in den zitternden Orgasmusbewegungen ihres Körpers.

"Das ist in Ordnung, Jean. Nimm es für mich. Sehen Sie, was ich Sie tun lassen kann", knurrte er tief in ihr Ohr.

Sie schwankte immer noch von den Nachbeben ihres ersten Orgasmus, glitzerte vor Schweiß und murmelte verlegen:

"Ich habe das noch nie vor Geof gemacht, es war ..." Er verstummte mit einem Ausdruck von purem Glück, Überraschung und Frieden im Gesicht.

"Was? Bist du eine Jungfrau?" Fragte er wütend, als er seine Finger rutschte, ihr Kleid glättete und sie anstarrte. "Weißt du, worauf du dich einlässt, Jean? Oh Gott, um darüber nachzudenken, was ich für dich geplant hatte, ohne dass du das früher getan hast!"

"Was? Was ist los? Ich kann diesen Geof machen, ich möchte, dass du mir mehr zeigst. Das war das Beste, was mir je passiert ist." Sie trat näher. "Zeig mir den Unterschied, Geof. Zeig mir die Intrige, das Geheimnis ... mich selbst."

Er lächelte, als er hörte, wie seine eigenen Worte aus ihrem Mund zurückkehrten.

"Okay. Treffen Sie mich heute Abend um acht bei mir. Seien Sie nicht zu spät. Ändern Sie sich nicht, benehmen Sie sich, und ich werde erwägen, Ihren BH heute Abend zurückzugeben."

"Warte was? Sind wir schon fertig? Du wirst nicht ... weißt du?" murmelte sie schüchtern.

"Gehen Sie was, Fräulein Sanchez? Verdammt? Alles rechtzeitig, Mädchen. Wir sehen uns heute Abend."

Er zwinkerte ihr zu, gab ihr einen letzten Kuss und ging hinter ihren Schreibtisch.

Immer noch fassungslos sammelte sie ihre Sachen und ging zur Tür.

"Übrigens, Miss Sanchez", schrie er, "Sie müssen mir das Papier noch in Ihrer Nebenstelle schicken."

KAPITEL 3

Er spähte durch die Jalousien, als er sah, dass das Auto in der Einfahrt vorfuhr.

Ihre Jungfräulichkeit komplizierte die Dinge, aber nicht viel.

Sie hatte doch darum gebeten.

Außerdem konnte er sich nicht vorstellen, sie anders zu haben.

Er brauchte sie, um sie zu unterwerfen.

Sie war definitiv sein Typ.

Seine Vorfreude wuchs, als er sie zur Tür gehen sah.

Punkt 20 Uhr.

Nun, er mochte pünktliche Frauen, und er mochte besonders einen pünktlichen Jean.

Er ging hinüber und öffnete die Tür.

"Hallo Jean. Lange nicht gesehen", lächelte er, als sie die Schwelle überquerte.

Er konnte ihre aufrechten Brustwarzen und die Umrisse ihrer braless Brüste gegen das smaragdgrüne Pulloverkleid des Nachmittags sehen.

Er sah sie unverschämt und anerkennend an.

Sie wand sich unter seinem offenen Blick.

"Ich habe dieses Kleid getragen, weil es mich an deine Augen erinnerte, weißt du", sagte sie leise mit einem schüchternen Lächeln im Gesicht.

Er unterdrückte sein Erstaunen, überrascht von der Ehrlichkeit ihres Geständnisses.

"Oh Jean"

Er zog an ihrer Hand, zog sie an sich und berührte leicht seine Lippen mit ihren.

"Ich wollte dich, seit ich dich in dieser Klasse gesehen habe. Komm."

Er schloss die Tür und führte sie hinein.

Das Haus war wunderschön, aber sie war zu abgelenkt, um solche Details zu bemerken.

Erinnerungen an den Nachmittag hatten sie den ganzen Tag nervös gemacht und sie war ausgehungert nach mehr.

Dann küsste er sie leidenschaftlich, wenn möglich noch leidenschaftlicher als zuvor.

"Ich möchte dir mehr zeigen, Jean. Mehr als das, was heute Nachmittag passiert ist. Obwohl dies dein erstes Mal ist, werde ich dir zeigen, dass ich dein Besitzer bin. Dass du kommst, liegt nur in meiner Macht."

Seine Stimme war hypnotisch.

Sie war in seinen Bann gezogen.

Seine Worte hatten einen gefährlichen Unterton für sich, aber sie ignorierte ihn.

Es begeisterte sie und sie hatte das Gefühl, dass er mehr als lustvollen Sex meinte.

"Du wirst mein sein. Immer und immer wieder. Hilflos, willig oder gefesselt, du wirst mich mit dir machen lassen, was ich will, wann ich will, wie ich will und wo ich will. Verstehst du, Mädchen?", Knurrte er an ihren Lippen und zog leicht an ihr. ihren Kopf mit den Haaren zurück.

"Ja, Sir. Ja!"

Herr?

Woher kommt das?

Seine Worte hätten sie erschrecken sollen, aber seine Stimme machte sie nur noch mehr an.

Sie wollte seine sein, wie er sie wollte, sie wollte sich ihm geben.

Als sie in ihrem Büro war.

Sie schämte sich nicht dafür, sie vertraute ihm.

"Gut. Auf diese Weise."

Er führte sie in ein Zimmer mit einem großen Bett und einem Schaukelstuhl in der Ecke.

Er griff nach einer Fernbedienung, begann eine schwüle Instrumentalmelodie, die sie nicht erkannte, und dimmte das Licht.

Er ließ sich in dem Schaukelstuhl nieder und bedeutete ihr, nach vorne zu kommen.

"Stell dich vor mein kleines Mädchen. Zieh dich aus."

Sie starrte ihn überrascht an.

Er starrte zurück.

Seine Lippen verhärteten sich.

"Ich sagte komm schon. Jetzt. Langsam."

Es schien jetzt anders zu sein.

Seine Augen waren hart geworden, aber sie konnte immer noch die brennende Leidenschaft darunter spüren.

Langsam zog sie ihre Stiefel aus und trat sie beiseite.

Sie drehte sich um, beugte sich vor und schob allmählich einen Strumpf und dann den anderen über ihre Schenkel.

Sie spürte seinen heißen Blick auf sich und schwelgte in der Empfindung.

Abgesehen davon, dass dieser Mann sie ansah, fühlte sich alles sehr natürlich an.

Als sie sich umdrehte, sah er, dass ihre Augen sich darüber freuten, wie ihre Hüften von selbst sinnlich schwankten.

Er hatte sie in eine sexuelle Kreatur verwandelt und sie genoss seinen Blick.

Nach und nach begann sie, ihr Kleid auszuziehen und bot sich nur ihr Höschen an, damit er es ansehen konnte.

Er hatte jetzt seinen Nachmittags-BH in der Hand.

Er stand auf und ging zu ihr hinüber, zog sie an sich und küsste sie erneut, hielt ihren Hals leicht und berührte sie nirgendwo anders.

Er nahm einen Verband in die andere Hand und blickte in ihre selbstbewussten grauen Augen und band ihn an sein Gesicht.

Sie stöhnte überrascht, machte aber sonst keine andere Bewegung.

Er trat hinter sie und fesselte ihre Handgelenke geschickt mit Ledermanschetten.

Er hob die Arme über den Kopf und befestigte sie an einem Armband, das an die Decke geklebt war.

Er band sie mit herausgeschobenen Brüsten, bereit, genommen zu werden.

Er umkreiste sie langsam und bemerkte die Geschwindigkeit ihrer Atmung.

"Herr?" Sie fragte.

Er antwortete nicht, sondern nahm eine Feder und fuhr langsam damit seinen Oberkörper auf und ab.

Sie schauderte.

Er streifte sie mit ihren zarten, aufrechten Brustwarzen und widerstand dem Drang, sie jetzt zu ficken.

Sie schaukelte von einer Seite zur anderen und er sah zu, wie die Feuchtigkeit über ihre Beine rutschte und ihr Höschen deutlich durchnässt war.

"Oh, du musst ein großer Schwanzfresser sein, oder Jean?" murmelte er, als er weiter mit der Feder spielte. "Ich kann sehen, wie du meine willst. Ich kann dir sagen, dass du dich kaum zurückhalten kannst, um sie zu essen."

Er ging hinüber und schlug plötzlich hart mit seiner Hand auf ihren Arsch.

Sie schrie deutlich überrascht auf und er genoss den Anblick ihres rosa Gesäßes unter ihrem Höschen.

"Hat dir das gefallen, Jean? Ich sehe, dass dein Körper es getan hat. Schau, wie durchnässt du bist."

Er umarmte sie von hinten und ließ seinen schmerzenden Arsch seine harte Erektion spüren, durch die Rauheit seiner Jeans, seine Haut jetzt noch empfindlicher.

Seine Arme schlangen sich um sie und er drückte ihre Brustwarzen und löste ein unerbittliches Stöhnen der Freude von ihr aus.

"Das ist in Ordnung, mein kleiner Schwanzfresser. Ich denke schon, dass du vielleicht weißt, dass ich dich zum Abspritzen bringen kann, indem ich nur deine Brustwarzen berühre. Aber du hattest heute schon dein Sperma", sagte sie, während sie weiter knetete, drückte und zog. ihre Brustwarzen hart.

"Mmmmm, oh Geof, oh mmm"

"Du hast nicht einmal Worte, oder, meine kleine Hure? Das ist in Ordnung. Du bist jetzt meine kleine Hure. Ich kann tun, was ich will", sagte er und schlug ihr anderes Gesäß hart.

"Aargh!"

"Du wirst tun was du willst, wie du willst und wann du willst, verstehst du, kleine Hure?"

WHAM! Noch eine Tracht Prügel.

"Du kommst, wenn ich es dir sage und nicht vorher, verstehst du?"

WHAM! Noch eine harte Tracht Prügel.

"Aargh! Ja, Sir! Ja! Ich bin Ihre kleine Hure, Sir. Ich werde tun, was Sie sagen."

"Gut", murmelte er und ging vor sie.

Langsam nahm er eine Brustwarze in den Mund, saugte und biss und bewegte seine Zunge über die empfindliche Spitze, während er die andere berührte und streichelte.

Er konnte fühlen, wie sie sich ihm eifrig anbot und ihre Brüste in sein Gesicht drückte.

Er hielt das Tempo aufrecht, achtete auf eine Brust, dann auf die andere und fiel dann plötzlich auf die Knie.

Bevor sie wusste, was los war, hatte er ihr Höschen abgerissen, und seine Zunge war auf ihr, saugte und leckte ihren Kitzler und versenkte sie in Ekstasen, so exquisit, dass sie nicht wusste, wie lange sie noch dauern konnte.

Er hielt sie fest, massierte ihren Arsch, während er sie aß, saugte und spielte mit ihrem Kitzler und rieb den Kokon mit gelegentlichen Tropfen auf ihre feuchte Muschi hin und her.

Sie spürte die Spannung des Spiralgebäudes in sich, stärker als am Nachmittag und angespannt, und gerade als sie explodieren wollte, blieb er stehen.

"Oh Gott nein! Bitte Geof Sir, bitte lassen Sie mich kommen!"

"Was habe ich dir vor deiner kleinen Hure gesagt? Du wirst nur kommen, wenn ich es dir sage. Du würdest kommen, ohne vorher zu fragen, ob du könntest, oder?", Sagte er drohend.

Bevor sie antworten konnte, löste er ihre Handschellen von der Decke, zog sie auf das Bett, drehte sie auf die Seite und lehnte sie am anderen Ende zurück.

Jetzt band er sie ans Bett, ihre Beine waren zum Boden gespreizt und ihre Knöchel drückten sich ebenfalls gegen die Bettkanten.

Sie fühlte seine Hände auf ihrem Rücken, als er ihren Arsch hinaufging.

Sie zitterte vor Vorfreude.

Noch ein Kuchen!

"Ich habe dir gesagt, du sollst nicht vor deiner Schlampe kommen. Stelle sicher, dass du dich daran erinnerst."

"Ihre."

WHAM! SCHLAGKRAFT!

"Du bist."

WHAM! SCHLAGKRAFT!

"Mich."

WHAM! SCHLAGKRAFT!

"Wenig."

WHAM! SCHLAGKRAFT!

"Hündin."

WHAM! Noch ein Kuchen!

"Verstehst du, Jean? Wer bist du?"

WHAM! SCHLAGKRAFT.

"Ich bin Ihr Herr!" Sie schrie, als sie sich drehte, seltsamerweise erregt von seinem Angriff. "Ich bin Ihre schmutzige Hure und Schlampe; bitte ficken Sie mich, Herr bitte!"

Er lächelte als Antwort.

"Gute Schlampe."

Er zog sich schnell aus und fand die weichen Falten ihrer Muschi mit seinen Fingern.

Er steckte sanft einen Finger ein, dann zwei, streckte sie, füllte sie und bereitete sie auf das vor, was kommen würde.

Dabei knetete er ihr Gesäß und passte seinen Rhythmus in ihr an ihren an.

Er zog seine Finger heraus und rieb seinen Mittelfinger an ihrem Kitzler, als er seinen großen, harten Schwanz am Eingang zu ihrer zitternden Muschi platzierte.

"Ich werde dich jetzt nehmen, Schlampe, und selbst wenn es dein erstes Mal ist, werde ich es jetzt tun."

Sie konnte nur als Antwort stöhnen und schaudern, ihr Körper war bereits angespannt vor Spannung und sie wollte mehr von ihren Orgasmen und hedonistischen Prügeln genießen.

Ohne Vorwarnung stürzte er sich plötzlich auf sie und durchbrach ihre inneren Barrieren.

Sie schrie laut auf, vielleicht vor Schmerzen, aber er begann sich zu bewegen, rau und schnell und unerbittlich, und sie holte ihn ein.

Dann fing er sie noch härter auf und schlug sie. Seine Eier trafen ihren Arsch und ihre Schenkel, als er sich bis zur Basis seines Schwanzes in ihr vergrub.

"Das ist richtig, Schlampe. Das ist mein Schwanz in dir, der dich nimmt, dich füllt, dich markiert. Du gehörst mir."

Er drückte sie mit jedem Satz härter und schneller und packte ihre Hüften mit solch heftiger Leidenschaft, dass seine Hände Fingerabdrücke auf ihrer Haut hinterließen, als er sich bewegte.

"Oh Gott, ja, Sir, oh ja, ja, ja, Sir, machen Sie mich zu Ihrem!" sie stöhnte durch ihre Zähne.

Er konnte fühlen, wie angespannt sie war, er konnte fühlen, wie sie bereit war, sich zu befreien, und er tat es auch.

"Komm jetzt Schlampe, komm jetzt!" Sie knurrte, als sie mit einer Kraft ihren Höhepunkt erreichte, die sie noch nie erlebt und entladen hatte.

"Das ist die richtige Schlampe, komm jetzt!" zischte er, als sie sich um ihn herum festzog und ihn umgab, seinen Namen auf den Laken schrie, gedämpft und mit der verweilenden Musik vermischt ...

ENDE

GEHALTSERHÖHUNG
ERIKA SANDERS

35

Anita klopfte an die Tür, als wollte sie sie nicht zerbrechen.

Dies ergab keinen Sinn, da sie die einzige Person war, die noch im Donut-Laden war.

Sie und die Person auf der anderen Seite der Tür.

"Komm rein", klang die Stimme dieser Person.

Anita öffnete die Tür, trat ein und schloss sie hinter sich.

Das Klicken des Schlosses, als er es mit dem Türknauf drückte, schien im ruhigen Büro ohrenbetäubend.

Eric Galvez sah von den Unterlagen auf seinem Schreibtisch auf.

Er warf einen Blick auf Anita, eine brünette und süße mexikanische Angestellte, die die Schuluniform des Geschäfts, ein weißes Hemd mit Knöpfen und einen kurzen karierten Rock trug und eine Tüte Donuts in der Hand hielt.

Sie hatte einen makellosen Körper und dichtes, geschichtetes brünettes Haar, das nicht bis zu ihren Schultern reichte.

"Hallo Anita", sagte Eric.

Der Geschäftsleiter, verheiratet, zwei Kinder und Mitte vierzig, legte den Stift hin und lächelte.

"Hi. Tut mir leid, wenn ich etwas unterbrochen habe", sagte sie schüchtern.

"Natürlich nicht", versicherte Eric ihm. "Setzen Sie sich".

Das kleine Büro des Managers bestand aus einem Sofa, zwei Stühlen, einem Schreibtisch und Aktenschränken.

Eric sah Anita auf sich zukommen, ihr Rock schwang von einer Seite zur anderen.

Sie saß auf dem Stuhl gegenüber von Erics Schreibtisch, schlug die langen Beine übereinander und ließ ihren Rock bis zu den Schenkeln herunter.

Er stellte die Tasche neben sie auf den Boden.

"Was ist los?", Fragte der Manager.

Anita zögerte, holte tief Luft und fuhr langsam mit den Fingern einer Hand über ihr Oberschenkel, von der Unterseite ihres Rocks bis zu ihrem Knie.

"Ich denke darüber nach, vom gemieteten Zimmer in eine Wohnung zu ziehen", sagte er.

Sie war eine Studentin im dritten Jahr an einer örtlichen Universität und arbeitete an verschiedenen Orten an Orten, deren Stunden ihren Unterricht nicht beeinträchtigten.

"Großartig", sagte Eric aufgeregt und blieb dann stehen. "Und brauchst du mehr Geld? Eine Gehaltserhöhung?"

Anita sah ihn schüchtern an, bevor ein ernsterer Ausdruck auf ihrem Gesicht erschien.

„Ich kann nicht glauben, wie viel sie um Miete bitten. Und die Anzahlung ist ... ", begann er zu sagen.

"Ich weiß", unterbrach Eric ihn.

Er sah sie einen Moment an.

Sie hatte fast ein Jahr für ihn gearbeitet und ein anderes Mal um eine Gehaltserhöhung gebeten.

In diesem Fall hatte sie ihren Körper benutzt, um seine Entscheidung zu "beeinflussen".

Eigentlich hatte er seitdem eine weitere Anfrage von ihr gewollt.

Eric schaute auf die Tüte mit den Donuts neben sich.

"Nimmst du ein paar Donuts mit nach Hause?", Fragte er.

Anitas Augen fielen auf die Tasche und gingen zurück zu ihrem Chef.

"Nein. Es ist für dich ... für uns", antwortete sie.

Eric brauchte keine weiteren Erklärungen.

Er hatte auch das letzte Mal eine Tasche mitgebracht.

Und diesmal wusste er, was zu tun war.

Er stand auf, ging um den Schreibtisch herum und ging hinter Anitas Stuhl.

Sie beobachtete seinen athletischen Körper, bis er hinter ihr verschwand.

Ein Schauer lief ihr erwartungsvoll über den Rücken.

"Also hast du mir einen Donut gebracht", sagte Eric leise. "Und du möchtest teilen."

Anita nickte leise.

Eric sah die junge Frau an, deren Hemd oben aufgeknöpft war und deren gebräunte Beine sich unter ihrem ausgestellten Rock ausbreiteten.

Seine Hände klammerten sich nervös an die Enden der Arme auf dem Stuhl.

Eric legte seine Hand auf die Haare des Mädchens und fuhr mit seinen Fingern über ihren Nacken.

Er spürte die warme Haut unter dem Kragen seines Hemdes und legte dann seine Hand auf die Vorderseite seines Halses, bevor er nach dem oberen Knopf griff.

In einer flinken Bewegung löste er den Knopf; gefolgt vom nächsten.

Die Spitzen ihrer Brüste kamen in Sicht, umhüllt von einem schmalen blauen BH.

Seine Finger glitten über die glatte Haut ihrer linken Brust und kehrten dann zum nächsten Knopf zurück.

Mit beiden Händen umkreiste er ihren Hals und öffnete jeden Knopf oben an ihrem Rock.

Eric zog das Hemd aus ihrem Rock und öffnete den letzten Knopf.

Anitas Hemd fiel so weit auf, dass Eric den größten Teil jeder Brust von oben sehen konnte.

Er sah zu, wie sie sich hoben und senkten, während sie schwer atmete.

Ein zentraler Haken zwischen ihren Brüsten hielt ihren BH zusammen.

Das war kein Zufall, dachte Eric bei sich.

Er griff nach unten und löste den BH, ließ die beiden Hälften frei auf den Enden ihrer Brüste ruhen.

Anita saß weiterhin regungslos da und starrte auf Erics Hände oder geradeaus.

Sie wusste, dass sich die Dinge schnell ändern würden.

Eric legte seine Hände auf ihre Brüste und ließ sie fallen, bis seine Finger ihren BH entfernten.

Er nahm ihre nackten braunen Brüste in seine Hände und hielt sie für einen Moment sanft fest.

Schließlich legte er Anitas Brustwarzen zwischen Daumen und Zeigefinger und drückte sie zärtlich.

Die junge Frau seufzte hörbar.

Eric spürte, wie sein Schwanz innerhalb seiner Hosen hart wurde, als er seine Brustwarzen manipulierte.

Sie verhärteten sich unter seiner Berührung und Anita spürte, wie ein aufgeregter Stich durch ihren Bauch zu ihrer Muschi wanderte.

Eric schlang seine Hände um ihre Brüste, konnte sie aber kaum in seinen Griff füllen.

Er hob sie hoch und sah zu, wie sie sich in seinen Handflächen niederließen.

Er kam um den Stuhl herum und stand zwischen dem Schreibtisch und Anita und sah sie kurz an.

"Steh auf und zieh dein Hemd aus", sagte er mit ruhiger Stimme.

Anita kreuzte ihre Beine nicht und stand ein paar Zentimeter von ihrem Chef entfernt.

Er hob das Hemd über seine Schultern und ließ es auf den Stuhl fallen.

Ohne anzuhalten, tat sie dasselbe mit ihrem BH.

Eric legte seine Hände auf die Außenseite von Anitas Schenkeln und hob seine Hände, bis sie unter ihrem kleinen Rock verschwanden.

Anita spürte, wie sich seine Hände über die Außenseite ihres Höschens und über ihren Hintern erhoben.

Dann legte Eric seine Hände auf ihre Taille und packte den Riemen ihres Höschens.

Langsam senkte er sie und kniete nieder, als sie an ihren Knien vorbei und auf ihre Füße gingen.

Er legte das schwarze Höschen auf den Stuhl und zog ihre Schuhe aus.

Nachdem sie aufgestanden war, schaute sie auf ihren Rock und sagte: "Zieh es aus."

Anita knöpfte ihren Rock auf, ließ ihn zu Boden fallen, trat heraus und trat ihn beiseite.

Eric bewunderte ihre kleine Taille, die vollen Hüften und die Oberschenkel.

lange Beine und kleine Füße.

Seine Augen kehrten zu ihrer Muschi und zu der kleinen, dünnen dunklen Haarsträhne an ihrem Kitzler zurück.

Anita fühlte sich in diesem Moment außerordentlich sexy, und die Luftfeuchtigkeit zwischen ihren Beinen nahm von Sekunde zu Sekunde zu.

Sie wollte den Mann nackt vor sich haben und sie wusste, dass es unvermeidlich war.

"Zieh mich aus", sagte er zu ihr.

Er musste seine Bewegungen absichtlich verlangsamen, um sein Verlangen nicht zu offenbaren.

Es dauerte jedoch nicht lange, bis Anita Erics Hemd über den Kopf zog und einen gut gebauten, wenn nicht übermäßig muskulösen Oberkörper enthüllte.

Sie sah nach unten und schnallte ihren Gürtel ab. Erics Augen wechselten zwischen ihren Brüsten und Händen.

Sie knöpfte seine Hose auf und zog sie herunter, bis sie von selbst auf ihre Waden fielen.

Anita kniete nieder und zog ihre Schuhe und Socken aus, bevor sie ihre Hose auszog und sie beiseite warf.

Er freute sich auf die wachsende Ausbuchtung seiner Boxer, packte dann den Bund und zog sie herunter.

Erics riesiger Schwanz war nur halb aufgerichtet, aber Anita spürte eine Welle der Aufregung über sich fließen, als er seine Boxer auszog.

Sie stand auf und sah ihren Chef an.

Zu Anitas Erleichterung machte er den ersten Schritt, indem er sie umarmte und zu sich zog.

Er küsste sie leidenschaftlich, drückte seinen Schwanz gegen ihren Körper und bewegte seine Hände zu ihrem Arsch.

Eric drückte seine weichen Wangen, als sich ihre Zungen zwischen seinen Lippen trafen.

Anita spürte, wie ihre Fotze gegen ihren Körper drückte, nicht sicher, ob sie entschlossener war, sich selbst oder Eric zu befriedigen.

Ihr Kuss ging weiter, als sie eine Hand um seinen Schwanz legte und fühlte, wie er pochte.

Der Schwanz begann nach oben zu zeigen und das Mädchen pumpte wiederholt ihre Hand auf und ab.

Als der Kuss vorbei war, sah Eric Anita an und sagte:

"Meine Frau tut mir das nicht an. Du machst es wunderbar."

"Danke, ich bin froh, dass es dir gefällt", lächelte er.

"Ich habe Hunger", sagte Eric.

"Ich auch".

Sie gingen zum Sofa.

Eric schnappte sich unterwegs die Tüte mit den Donuts.

Er fand Zeit, Anitas kleinen runden Hintern mit seinen Schritten hüpfen zu sehen, bevor er sich auf die Couch legte, ihren Kopf auf einem kleinen Kissen an einem Ende.

Eric griff in die Tasche und holte einen Donut und ein kleines Plastikmesser heraus.

„Ah, gefüllt mit Vanillecreme. Meine Favoriten ", sagte er. "Möchten Sie teilen?"

"Ich würde es gerne tun", antwortete Anita.

Eric kniete nieder, legte den mit Schokolade überzogenen Donut auf den flachen Bauch des Mädchens und schnitt ihn vorsichtig mit dem Messer in zwei Hälften.

Ein Schauer lief durch Anitas Körper, als das Messer kaum ihre Haut streifte.

Eric sah zu, wie sie zuckte, als die Klinge des Messers aus dem dicken Donut wieder auftauchte. Dann legte er das Messer und die Hälfte des Donuts auf die Tasche auf dem Boden.

Er hob den Donut von ihrem Bauch und drehte das mit Sahne gefüllte Zentrum zu ihr.

Methodisch senkte er sie, bis sich die Brustwarze ihrer rechten Brust direkt unter der Creme befand.

Mit einem langen, glatten Strich zog er eine Schicht Vanillecreme über das Ende ihrer Brust.

Anita schloss die Augen, als die kalte Polsterung ihre Brustwarze und die umgebende Haut bedeckte und Wellen durch ihren Körper zu ihrem Bauch und ihrer Muschi sandte.

Eric schob den Donut leicht zur Seite und wiederholte den Vorgang, wobei er neben dem ersten ein zweites Cremeband hinzufügte.

Schließlich drehte er den Donut um und rieb den Schokoladenüberzug über die Spitze ihrer steifen Brustwarze.

Eric legte den Donut in die Tasche und sah Anita an.

Sie beobachtete aufmerksam, erwartete ihren nächsten Schritt und bat ihn schweigend, sie zu verschlingen.

Eric bewegte seinen Kopf über ihre Brust und leckte ihre Brustwarze, um die süße Schokolade zu genießen.

Anita stöhnte fast laut auf, fing sich aber und sah zu, wie sich die Zunge ihres Chefs verlängerte, um einen Zentimeter über und unter der Brustwarze einzuschließen.

Er schluckte einmal, bevor er zur Brust zurückkehrte. Diesmal öffnete er den Mund weit und platzierte so viel wie möglich von der vollen, runden Brust des Mädchens.

Seine Zunge kratzte mehrmals über die Brustwarze, bevor sich seine Lippen um das rosa Fleisch schlossen und daran saugten.

Diesmal konnte sich Anita nicht helfen.

"Oh Gott", flüsterte er.

Eric hob den Kopf und leckte sich die Creme von den Lippen.

Als sein Mund wieder auf Anitas Brust landete, drückte seine Hand ihre Brust nach oben und er leckte hungrig den Rest der Vanillecreme von ihrer Haut.

Es kam immer wieder auf die Brustwarze zurück.

Anita bog den Rücken und drückte ihre Brust höher.

Sie spürte, wie die Nässe zwischen ihren Beinen mit jedem Zungenschlag über ihre Brustwarze stieg und sie war sich sicher, dass er sie kommen lassen könnte, wenn er sie so hielt.

Sie griff wieder nach dem Donut und verteilte diesmal die weiße Füllung und Schokolade in größerer Menge auf ihrer linken Brust.

Die Creme bedeckte fast zwei Drittel der Brust und ließ Eric mit einem fast hohlen halben Donut in der Hand zurück.

Nachdem er den Donut wieder in die Tasche gelegt hatte, beugte er sich über Anitas Körper und legte ihre Brust akribisch nacheinander frei.

Das Mädchen legte ihre Hand auf Erics Kopf und drückte sie fester gegen seine Brust.

Währenddessen bewegte sich seine Hand von ihren Hüften zu zwischen ihren Beinen und streichelte kurz den Kitzler, der unter einer sorgfältig geschnittenen dunkelbraunen Haarsträhne vergraben war.

"Oh Jesus", sagte sie leise. "Das fühlt sich so gut an."

Mit nur einer kleinen Menge Vanillecreme auf der Brust kletterte Eric auf die Couch und legte seine Beine zwischen seine.

Sein Schwanz war jetzt vollständig aufgerichtet und zeigte in einem scharfen Winkel nach oben.

Er beugte sich vor, legte seinen Schwanz auf die cremefarbene Brust und bewegte ihn von einer Seite zur anderen, bis er eine kleine Schicht der weißen Polsterung hatte.

Anita benutzte ihre Hand, um den Schwanz auf die Bereiche mit der meisten Creme zu lenken.

Bald war es vom rosa Kopf bis zur Basis weiß.

Anita sah zu, wie Eric nach vorne rutschte und seinen Schwanz an ihre Lippen brachte.

Eifrig öffnete sie den Mund und nahm das Geschenk an.

Der zuckerhaltige Geschmack der Creme ließ sie fast die Liebe vergessen, die sie für den Geschmack eines heißen, harten Schwanzes empfand.

Seine Zunge wirkte auf allen Seiten des Mitglieds, als Eric sie in seinen Mund hinein- und herausschob und ihn vor Vergnügen stöhnen ließ.

"Ummmm, Anita. Saug mich Leck mich so ", sagte Eric. "Ja, ja. So."

Das Mädchen brauchte ein paar Minuten, um die letzte Creme von seinem Schwanz zu bekommen; saugen, lecken und schlucken so schnell er konnte.

Als es vorbei war, war Eric härter als zuvor und näherte sich dem Höhepunkt.

"Fick mich, Eric", rief Anita laut aus. "Ich will dich in mir. Bitte."

Als ihr Chef von der Couch stieg, spreizte Anita ihre Beine und hob die Knie.

Als sie seinen Schwanz am Eingang ihrer Muschi hatte, war ihre Hand in Position, um ihn zu ihr zu führen.

Sogar sie war überrascht, wie bereit sie für ihn war.

Sobald der Kopf des geschwollenen Penis die Öffnung fand, konnte Eric sich senken, bis sich ihre Schenkel in einem sanften Schlag trafen.

"Gott ja. Fick mich ", sagte Anita.

Eric kam ihren Forderungen schnell nach.

Er hob sie in ihren Arsch und begann seinen Schwanz hinein und heraus zu schieben, fühlte, wie sich ihre Vagina regelmäßig zusammenzog.

Anita hob ihre Beine und schlang sie sanft um Erics Taille, sodass er sie noch höher heben konnte.

Anitas Brüste schwankten rhythmisch.

Er kniff gelegentlich in ihre Brustwarzen und schickte so etwas wie elektrische Ströme direkt in ihre Muschi.

Währenddessen positionierte sich Eric neu, so dass eine freie Hand ihren Kitzler massieren konnte.

Er fand die aufgeblasene Beule leicht und rieb sie.

Der Kopf des Mädchens begann von einer Seite zur anderen zu schwanken und zu murmeln:

"Scheiße. Scheisse. Ja da. Dort!"

Eric rieb sich stärker und spürte, wie sich sein Körper zusammenzog.

Ihre Beine drückten ihn fest und sie schrie: „Ahhhh. Oh Gott. Jetzt."

Ihr Orgasmus begann mit einem weiteren gedämpften Stöhnen und ihre Hüften ruckten hoch, um seinen Stößen nach unten zu begegnen.

Mindestens dreißig Sekunden lang drang Eric immer wieder in sie ein, während sie stöhnte und schrie, er solle sie ficken.

Eric wollte, dass das Gefühl ihrer engen Muschi um seinen Schwanz und ihres sich unter ihm krümmenden Körpers für immer anhielt.

Er hielt sich an ihrem Arsch fest, als sie sich langsam auf der Couch niederließ.

Jetzt konnte Eric sich auf seinen eigenen Körper konzentrieren und spürte, wie die erste Spermawelle aus seinen Bällen stieg.

Anita spürte den Orgasmus auf sich zukommen und drängte ihn weiterzumachen.

"Das war's. Komm schon, Sperma auf meine Muschi."

Erics Schwanz explodierte in einer Flut von Sperma, die Anita fühlte, als sie ihr Inneres füllte.

Die warme Flüssigkeit schoss in mehreren Düsen heraus, die jeweils von einem lauten Stöhnen begleitet wurden.

Eric packte Anita am unteren Teil der Schultern und drückte ihren Körper gegen seinen.

Als sie fertig werden wollte und mit seinem Schwanz tief in ihr stehen blieb, drückte Anita ihre Muschi fest.

"Ahhh, verdammt. Hör auf ", murmelte Eric, fast außer Atem und halb lachend.

Er zitterte ein letztes Mal und fiel schlaff und völlig erschöpft von ihr.

Er lag in ihren Armen, seinen Kopf auf seiner Brust und seine Beine immer noch um seine Taille gewickelt.

"Alles was du tun musst ist zu fragen wann immer du willst", sagte Eric leise, sein Finger fuhr über den Umriss ihrer Brustwarze.

"Ich hatte heute Hunger", sagte sie.

ENDE

UNERWARTETE SITUATION
ERIKA SANDERS

49

Kapitel I

"Ich werde im Raum auf dich warten und etwas Aufschlussreiches anziehen", hatte John gesagt.

Sie behandelten ihn wie Essen zum Mitnehmen, dachte Gina, als der Anruf endete.

Und so fühlte sie sich jetzt, als sie Make-up in den Schminktischspiegel auftrug: schattierte Augen, rote herzförmige Lippen und gerade genug Make-up auf ihrem Gesicht, um sie nicht wie eine Wachsfigurenfigur aussehen zu lassen.

Möchtest du noch etwas in deiner Bestellung, Schatz?

Zufrieden mit ihrer Arbeit ging sie barfuß über den Schlafzimmerteppich, trug nur BH und Höschen und öffnete den Schrank.

Aus einem Regal über ihrer Kleidung holte sie eine kleine Schachtel Geld heraus und trug sie ins Bett.

Als sie es öffnete, fielen viele zehn und zwanzig auf die Seidenblätter.

Gina zählte vier von zwanzig und legte den Rest in die Schachtel.

Sie stellte die Schachtel wieder in den Schrank, steckte das Geld in ihre Handtasche und begann sich anzuziehen.

John lebte auf der anderen Seite der Stadt in einem luxuriösen Einfamilienhaus mit fünf Schlafzimmern in der Nähe des Kanals.

Je nach Nachmittagsverkehr würde er zehn Minuten brauchen, um dorthin zu fahren.

Er war ein relativ neuer Kunde von ihr, der bisher sechs Mal gedient hatte.

Sie hasste es.

Er war arrogant, unhöflich und völlig pervers.

Er war italienischer Abstammung: olivfarbene Hautfarbe, eine große Nase und dichtes schwarzes Haar.

John aß gern und Gina dachte, er sah aus wie eine Kreuzung zwischen einem Gangster aus den 1940er Jahren und einem Schwein mit dickem Bauch.

Er hatte damit geprahlt, dass er Verbindungen zur kriminellen Unterwelt hatte, aber Gina war sich nicht sicher, wie viel von dem, was er sagte, wahr war.

Sie dachte, er wollte sie nur beeindrucken.

Sie konnte nicht verstehen, warum Männer dies für Mädchen attraktiv fanden.

Gina hasste Gewalt und schaltete einen Film beim ersten Anzeichen von Blut oder Gewalt aus.

Aber John war definitiv in einer Art unzuverlässigem Geschäft.

Sie hatte Waffen in ihrem Haus gesehen.

Er hatte während ihrer sexuellen Beziehung hitzige Telefonanrufe mitbekommen, die John nicht ignorieren wollte.

Apropos Geld und Drogen.

Sie fand Männer wie John abscheulich: gierig, egoistisch, unehrlich und korrupt.

Sie brauchte das Geld jedoch zu sehr.

Ginas Leben war voller Schulden.

Ein geisteswissenschaftlicher College-Kurs, der Mini-Fiat, der jeden Tag zu ihrer Sekretärin führte und Kleidung, Urlaub auf Ibiza und einen Kredit kaufte, den sie aufgenommen hatte, um ihre Wohnung einzurichten.

Sie schwamm in Schulden, aber die Darlehensfirmen hatten ihr nie etwas verweigert.

Und deshalb hatte er das letzte Jahr als private Eskorte gearbeitet.

Privat war das Schlüsselwort.

Sie hatte keine Online-Werbung, zu ängstlich, dass ihre Familie oder Freunde ihr schmutziges Geheimnis herausfinden würden.

Sie verließ sich vielmehr auf Mundpropaganda und ihre Stammgäste, Leute wie John.

Der erste Mann, der sie dafür bezahlte, Sex mit ihr zu haben, hieß Peter.

Sie traf ihn nach ihrer Trennung von Adams auf einer Dating-Site, wusste aber sofort, dass es nichts für sie war.

Es war nicht die Tatsache, dass er in den Vierzigern und fünfzehn Jahren älter war als sie.

Aus diesem Grund hatte sie ihn überhaupt kennengelernt und gedacht, ein älterer Mann könne ihm geben, was Adams, ein vierundzwanzigjähriger Junge, nicht konnte.

Engagement, Sicherheit, vielleicht neue sexuelle Erfahrungen.

Sie fühlte sich einfach nicht mit Peter verbunden und fand eine Stunde nach ihrem ersten Date heraus, dass sie zu zweit in einem indischen Restaurant im schönsten Teil der Stadt zu Abend essen konnten.

Sie verabschiedete sich und dankte ihm für ein köstliches Essen. Sie dachte, es wäre das letzte Mal, dass sie ihn sehen würde.

Aber Peter interessierte sich mehr für sie als er ursprünglich gedacht hatte.

Er kontaktierte sie zwei Tage später mit einem Angebot, sie für Sex zu bezahlen.

Gina war zuerst überrascht, sogar beleidigt.

Mit ihrer tiefen Bräune, den gefärbten blonden Haaren und der Vorliebe, Kleidung zu enthüllen, wusste sie, dass sie einen gewissen attraktiven Eindruck machte.

Aber das würde sie nicht zu einer Hure machen oder zu jemandem, der beim ersten Anzeichen finanzieller Schwierigkeiten ihre Beine spreizen würde.

Sie hatte sicherlich Mädchen getroffen, die es tun würden.

Aber Peter schien so ein netter Kerl zu sein, und je mehr Gina über ihre Schulden nachdachte, desto mehr fragte sie sich, welchen Schaden es anrichtete, das Angebot anzunehmen. Es würde einen gegenseitigen Nutzen geben.

Peter würde sie besitzen und sie würde das Geld bekommen, das sie dringend brauchte.

Wenn niemand wirklich verletzt wird, was war das Problem?

Gina war jedoch naiv.

Sie hätte nie gedacht, wie süchtig bezahlter Sex sein könnte oder wie billig und elend sie sich fühlen würde.

Um die Sache noch schlimmer zu machen, war Peter nicht der Gentleman, für den sie ihn zuerst gehalten hatte.

Bald wurde bekannt, dass sie gut in ihren Diensten war, und das konnte nur sein, weil er es direkt verbreitete.

Angebote aller Art füllten über die Dating-Site, auf der er Peter getroffen hatte, seinen Briefkasten.

Er konnte nicht glauben, wie viele ältere Männer dort nach jüngeren Frauen für Sex suchten und wie viele bereit waren, dafür zu bezahlen.

Es war sehr lukrativ für sie gewesen und sie lernte bald, dass sie mehr Geld verdienen könnte, wenn sie bereit wäre, ihre Grenzen ein wenig mehr zu verschieben.

Männer zahlten mehr für Dinge wie Anal, Dominanz, goldene Dusche und verschiedene Arten von Rollenspielen.

Gina hatte in Schulmädchenuniformen, sexy Dessous und Peitschen investiert. Sie hatte gegessen, was ihr vorgeschlagen wurde, und alle möglichen Gegenstände in sich gestopft und sogar so getan, als würde sie einen fünfzigjährigen Mann in einer Windel stillen.

Natürlich hatte John mit seinem Geld alle verfügbaren Dienste genossen.

Von hochklassigen Prostituierten über Pornostars bis hin zu dreiseitigen Models.

Es war eine Besessenheit, die an Sucht grenzte.

Es schien, dass alle jungen und schönen Mädchen bereit waren, ihre Attribute zu verkaufen, während sie sie immer noch begehrenswert hatten.

Es war tragisch.

Es war also keine Überraschung, dass John, nachdem er von einem Freund gelernt hatte, Gina kontaktierte.

Und heute Abend würden sie zum fünften Mal zusammen sein.

Gina sah auf ihre Uhr und befestigte ihre Kleidung im Flurspiegel. In einem Jahr wird alles vorbei sein, Mädchen, erinnerte sie sich.

'Du kannst es schaffen.'

Dann schnappte er sich seine Schlüssel und ging zur Tür hinaus.

Kapitel II

Zehn Minuten später hielt er an der Midesting Road an.

Es war kurz nach halb elf, und eine Poolparty in einem der anderen Häuser war in vollem Gange.

Er fuhr durch die schmiedeeisernen Tore von Johns Haus und parkte den Fiat auf der Straße.

Der Mond schien auf das Dach von Johns silbernem Mercedes, als er das Geräusch seiner Absätze auf dem Kies knirschen hörte und zur Seite des Hauses ging.

John hatte ihm gesagt, er solle durch den Hintereingang hereinkommen.

Heute Abend werden sie ein Rollenspiel spielen.

Er wird auf dem Bett liegen und sie wird wie ein Dieb hereinkommen und ihn überraschen.

John liebte es, Dinge durcheinander zu bringen.

Sie hatte noch nie einen so sexuell einfallsreichen Mann getroffen.

Er blieb auf halber Höhe des Hauses stehen und sah die Gasse auf und ab.

Sie war sich sicher, dass niemand sie dort sehen würde, aber sie wollte es für alle Fälle sicherstellen.

Sie senkte ihr Höschen, zog es sich über die Fersen und richtete dann ihren Rock auf.

Sie stopfte ihr Höschen in ihre Tasche.

Rote Spitze, Johns Favorit.

Dann stolperte sie auf den Fersen den Weg hinunter und öffnete die Tür zum Garten hinter dem Haus.

Ein Metallmülleimer klirrte, als er ihn versehentlich mit der Spitze seiner scharfen Ferse trat.

'Blöd!' Sie ermahnte sich.

Das Küchenlicht war an und die Terrassentür, die zu ihr führte, war angelehnt.

John muss es für sie offen gelassen haben.

Gina warf ihre Haare zurück, setzte ihren sinnlichen Spaziergang fort und betrat das Haus.

Er roch brennend, als er die Küche betrat und die Tür schloss.

Es war wahrscheinlich eine der Zigarren, die John gern rauchte.

Er war so ein rauchender Gangster.

Das Haus war still.

John muss im Bett auf sie warten, wie sie es ihm gesagt hatte.

Gina ging durch das sorgfältig eingerichtete Esszimmer, alle modernen Möbel und Holz in einem tiefroten Farbton, und hinaus in den Flur.

Sie sah die Wendeltreppe hinauf.

"John", sagte er spöttisch. "Bist du bereit oder nicht?"

Ihre Absätze klickten von den polierten Stufen, als sie die Treppe hinaufstieg.

Als sie in den Flur einbog, sah sie Johns Schlafzimmertür offen stehen.

Das Licht war an, machte aber immer noch keine Geräusche.

Dann hörte er ein Knarren.

'John?'

Der dicke Bastard saß wahrscheinlich auf seinem Thron im Bad.

Gina strich sich die Haare glatt, senkte den Ausschnitt und betrat den Raum.

In diesem Moment schien alles anzuhalten.

Ginas ganzer Körper erstarrte.

John lag nackt auf dem Bett und starrte an die Decke. Eine Blutlache tränkte die Laken um ihn herum und sein Hals war durchgeschnitten.

Schrie Gina.

Eine dunkle Gestalt kam hinter der Tür hervor und packte sie, legte einen Arm um ihren Hals und legte seine Hand über ihren Mund.

»Mach keinen Lärm, sonst schneide ich auch deinen«, sagte er.

Gina spürte die kalte, scharfe Spitze eines Messers an ihrem Hals.

'Wer du bist?' sie stöhnte.

"Jemand, den du nicht ficken willst"

Der Mann drückte ihren Nacken mit seinem muskulösen Unterarm fester.

'Was machst du hier?'

"Ich bin gekommen, um John zu sehen."

'Wofür?'

'Er hat mich gebeten, es zu tun.

'Warum?' forderte der Mann.

"Nur um es zu sehen."

Er zerdrückte Ginas Luftröhre mit seinem Arm und ließ sie ersticken.

'Warum?' Schrei.

"Um Sex zu haben", schaffte es Gina zu stammeln.

Sie fing an zu husten, als der Mann den Druck um ihren Hals lockerte.

'Bist du eine Prostituierte?' er sagte.

'Nicht!'

'Na und?'

'Ein Begleiter'.

"Es ist das gleiche", sagte der Mann.

Gina sagte nichts, zu ängstlich, dass der Mann ihr den Hals brechen oder sie erstechen könnte, wenn sie ihm widersprach.

"Es scheint, wir haben ein Problem", sagte er.

Er drehte sich zu Johns leblosem Körper um und hielt Gina fest zwischen seinem Arm und seiner Brust.

Gina hatte das Gefühl, dass sie krank werden würde, wenn sie so viel Blut sah.

"Jetzt bist du Zeuge eines Mordes."

"Bitte", bettelte Gina.

'Ich werde es niemandem erzählen. Lassen Sie mich einfach gehen.'

Kapitel III

Ein unheimliches Lachen kam von dem Mann.

"Sie verstehen sicher, dass es nicht so einfach sein wird."

Angst schoss durch Ginas Körper.

Er spürte, wie warmer Urin über die Innenseite seiner Beine tropfte.

Sie wollte heute Nacht nicht sterben.

Der Mann packte sie mit seiner Hand mit Lederhandschuhen am Arm und führte sie ins Badezimmer.

Er schloss die Tür hinter sich und drehte sich zu ihr um.

Gina trat in eine Ecke zurück, als sie sein Gesicht sah.

Sie hatte nicht erwartet, dass es eines der schönsten Gesichter sein würde, die sie jemals gesehen hatte, aber es war die tiefe Narbe, die über seine Wange lief, die sie am meisten überraschte.

Und sein Körper schien zum Töten gemacht zu sein, mit den Schultern eines Boxchampions und er konnte sich einen Hals in zwei Hälften brechen.

Er war ein Monster.

Er sah sie mit harten blauen Augen von oben bis unten an.

"Wer weiß, dass Sie hier sind?"

'Niemand! Bitte kannst du mich gehen lassen und fliehen. Ich versichere Ihnen, ich werde es der Polizei nicht sagen. '

Er näherte sich ihr in einem langsamen, räuberischen Schritt.

'Dafür ist es zu spät. Du hast mein Gesicht schon gesehen. '

„Ich verspreche, ich werde es nicht sagen. Bitte, ich oder John interessieren mich nicht, ich möchte nur nach Hause gehen. Ich will nicht sterben. "Gina brach in Tränen aus.

Der Mann legte eine behandschuhte Hand auf ihre nackte Schulter und näherte sich drohend ihrem Gesicht.

Gina spürte, wie die warme Luft aus ihrer Nase ihre Wangen berührte.

"Jetzt, jetzt, jetzt", schnurrte er. "Warum dieses hübsche Gesicht ruinieren?"

Er fuhr mit einem langen Finger über Ginas tränenüberströmte Wange.

Ginas ganzer Körper verwandelte sich in Eis, als sie seine Berührung spürte.

Die Anziehungskraft, die sie auf den Körper dieses Mannes empfand, und die Angst, von jemandem, von dem sie wusste, dass er sie leicht töten könnte, an die Wand gedrückt zu werden, waren äußerst widersprüchlich.

Er beugte sich näher und fuhr mit seiner rauen Zunge über ihr Gesicht, wodurch sie spürte, wie ein Schauer durch ihre Haut lief.

Sie hatte nicht erwartet, was als nächstes kommen würde.

Die behandschuhte Hand des Mannes glitt unter ihren Rock, seine langen Finger tasteten nach ihren freiliegenden Lippen.

»Freches Mädchen«, sagte er bei ihrer unerwarteten Entdeckung.

"Bitte ... oh"

Der Mann hatte seinen Handschuh ausgezogen und ein langer, fleischiger Finger war jetzt in ihr.

Er fand Ginas Kitzler glatt und massierte ihn, wodurch eine Hitze entstand, die sich in ihr ausbreitete.

Gleichzeitig fuhr er mit der Zunge über die festen Konturen von Ginas Nacken.

Gina drehte sich um und sah ihr Spiegelbild im Spiegel über dem Waschbecken.

Und er sah auch dieses große seltsame Tier wie einen Vampir in seinem Nacken versinken, wobei die Klinge des Messers in seiner freien Hand als Warnung im Halogenlicht blitzte.

Sie wagte es nicht, sich zu bewegen, aus Angst, dass er seine scharfe Spitze gegen sie einsetzen würde.

Der Mann zog sich zurück und sah über ihren Körper.

Es war eine tiefe Erregung in ihnen, als könnte er ihren nackten Körper durch die Kleidung sehen.

Er schob ihre Tasche von ihrer Schulter und ließ sie auf den Boden fallen, als eine Tube Lippenstift und rotes Höschen auf die Fliesen fiel.

Er packte eine ihrer Brüste durch ihre hautenge Weste und drückte sie sanft, dann fuhr er mit seinem Finger über ihre Brustwarze, als sie fest stand.

Sie war Kitt in ihren Händen.

"Was machst du mit mir?" Sie fragte.

"Da wir alleine sind und den Platz nur für uns bereit haben, werde ich dir geben, was der Typ da drüben dir niemals gegeben hat."

Oh Gott, dachte Gina. Nicht das.

Der Mann spürte ihre Angst und lächelte.

'Keine Sorge. Sobald du mich in deiner Muschi erlebst, wirst du froh sein, dass der andere tot ist.

Der Mann hatte Recht, dass sie allein waren.

Ohne Nachbarn in der Nähe würde jeder Hilferuf zu erfolglosen Ergebnissen führen.

Wenn ... wenn sie zustimmte, tat, was der Mann sagte, konnte sie das Haus lebend verlassen.

Welche andere Möglichkeit hatte sie, mit all den anderen Chancen gegen sie das beste Rollenspiel ihres Lebens zu spielen?

Also traf er eine Entscheidung.

Sie würde die beste Leistung ihres Lebens erbringen.

Und wenn es fehlschlug, hatte sie einen Backup-Plan.

"Zieh das aus", knurrte der Mann und nickte zu seiner Weste.

Gina tat was er sagte.

Als die Weste über ihren Kopf glitt, schüttelte sie ihre Haare und richtete ihre Augen auf seinen Körper.

"Ich möchte, dass du dich auch ausziehst", sagte er.

Der Mann stieß ein spöttisches Lachen aus.

»Du wirst mir nicht sagen, was ich tun soll. Und ich bin nicht so dumm, wie du denkst. Wirf es runter. ' Er nickte Ginas Rock zu.

Sie knöpfte ihren Rock auf, ließ ihn über ihre Beine fallen und trat ihn dann mit ihrer Ferse gegen ihn.

Sie war in Absätzen und einem BH vor ihm und hatte rasierte Lippen, die der kühlen Luft des Badezimmers ausgesetzt waren.

Sie hob ihre blauen Augen mit Wimperntusche zum durchdringenden Blick ihres Entführers.

"Wie süß und schön", sagte er und saugte Luft durch seine Nasenlöcher. 'Dreh dich um.'

Gina drehte sich um und sah auf die Fliesenwand.

Durch das Spiegelbild sah sie zu, wie sich der Mann vorbeugte und ihren Schritt streichelte, während er ihren Hintern studierte.

Die große Ausbuchtung, die er aus seiner Hose ragen sah, ließ sie wissen, dass er gut ausgestattet war.

Er ließ sie sich vorbeugen, packte sie an den Hüften und brachte seinen Schritt zu ihr.

Der harte, fette Klumpen wurde jetzt gegen die Spalte ihres Gesäßes gedrückt.

Seine bloße Hand berührte ihren Arsch und er schob sie nach vorne, das Messer immer noch fest in der anderen.

Gina beobachtete ihn, als er es auf die Theke neben dem Waschbecken stellte und begann, seine Hose aufzuknöpfen.

Sie starrte auf das Messer und kämpfte gegen den Drang an, es zu ergreifen.

Aber sie wusste, dass sie nicht so dumm sein konnte; Mit ihrer Größe würde der Mann in Sekundenschnelle ihren kleinen fünf Fuß großen Körper dominieren. Trotzdem war es verlockend ... sehr verlockend.

Seine schwarze Hose fiel zu Boden und enthüllte ein Paar ebenfalls schwarzer Boxer auf riesigen, muskulösen Oberschenkeln.

Seine Erektion stieg bis zum Saum an, geschwollen und riesig.

Gina schluckte das Keuchen, das fast aus ihrem Mund kam.

Wie sollte er in all das hineinkommen?

Der große Schwanz war gespannt gegen den engen Stoff seiner Boxershorts und wollte unbedingt raus.

Als der Mann sie senkte, fiel der große lila Kopf auf Ginas Wangen.

Das dicke und stark geäderte Glied war mindestens zehn Zoll lang.

Der Mörder war ein sexueller Adonis.

Er packte ihre Hüfte mit seiner immer noch behandschuhten Hand und nahm seinen Schwanz mit der anderen und führte ihn zu Ginas Schamlippen.

Als sie den warmen, weichen Schwanz zwischen ihren Lippen spürte, schnappte Gina nach Luft.

Und als er sie hineinschob, gaben ihre Knie fast nach.

Der Penis war kühn tief gestoßen und pochte vor Aufregung in ihrer heißen, feuchten Vagina.

Er traf einen Bereich in Gina, der noch nie zuvor durchdrungen worden war, und ihr tückischer Kitzler begann vor Aufregung zu pumpen, Feuchtigkeit sammelte sich auf ihren Lippen und Wänden, um diesem aufregenden Neuankömmling gerecht zu werden.

Der Mann begann zu stoßen, seine starken Hüften konnten die Härte von Ginas Innenwänden mit außerordentlicher Geschwindigkeit erzwingen.

Es fühlte sich unglaublich an.

Sie packte den Rand der Waschtischplatte, als er weiter in ihre feuchten Schamlippen eindrang und seine Eier gegen sie klatschten.

Er zog den anderen Handschuh aus und seine großen, überraschend weichen Hände liefen über ihren Rücken und öffneten ihren BH.

Es fiel auf den Fliesenboden und ließ ihre Brüste los.

Jetzt trug sie nur noch ihre Absätze, als das riesige Tier sie von hinten schlug.

Gina spürte, wie er sich zurückzog und ihre Muschi einen Moment der Erleichterung bekam.

Aber es dauerte nicht lange, bis sein Schwanz wieder in ihr war, aber diesmal in Richtung ihres Arsches.

Der massive Schwanz des Mörders drang in die engen Falten von Ginas Anus ein und sandte einen scharfen Schmerz durch sie.

Für einen Moment dachte er, dass er den Schmerz nicht ertragen könnte, seine Muskeln spannten sich, um diesen Fremdkörper auszutreiben, aber dann entspannten sie sich, als der Schmerz sich in Vergnügen verwandelte.

Gina hatte zuvor Analsex erhalten, aber nicht von einem so großen Phallus wie diesem.

Das Vergnügen, das sie jetzt überflutete, war anders als alles, was sie jemals zuvor gefühlt hatte.

Sie musste sich daran erinnern, wo sie war.

In Johns Haus wird er von einem Mann gefickt, der ihn gerade getötet hat.

Johns tote und bereits etwas kalte Leiche lag ein paar Meter entfernt im anderen Raum wie ein schreckliches Bildnis seines früheren Ichs.

Gina wusste, dass sie dieses Bild niemals aus ihrem Gedächtnis löschen würde, egal wie sehr sie es verachtete.

Und es würde den Hass auslöschen, den sie ihm gegenüber empfand, wenn er damit lebend zurückkommen und ihr jetzt helfen könnte.

Aber es ist etwas Seltsames an dem, was passiert, wenn Sie mit einer Morddrohung konfrontiert werden und Gina es zum ersten Mal in diesem Badezimmer erlebte, in dem sie jetzt gefangen gehalten wurde.

Ein Instinkt übernimmt, so ursprünglich, dass man ihn nicht mehr als tierischen Instinkt empfindet.

Und Sie wissen, dass Sie alles tun werden, um zu überleben.

Kapitel IV

Der Mann schlug sich mit wütenden Stößen auf den Arsch, Speichel lief aus seinem Mund, sein hübsches Gesicht war gerötet und erregt.

Die leisen, kehligen Geräusche, die er machte, sagten Gina, dass er gleich kommen würde.

Sie packte die Kante der Theke fest.

Die Fingerspitzen wurden weiß, als er sich festhielt.

"Scheiße", stöhnte der Mann.

'Ich werde rennen'.

Und er tat es und ein schwerer Seufzer kam aus seinem Mund, er schloss die Augen und bog den Kopf zurück ...

Und Gina nutzte ihre Chance.

Er ließ die Theke fallen und griff nach dem Messer.

Mit einer blinden und kraftvollen Bewegung seines Armes stieß er ihn in den Hals seines Täters.

Sie sprang auf und drückte ihren Rücken gegen die Wand, die kalten Fliesen gegen ihren schweißnassen Rücken.

Mit großen Augen vor Angst und Sorge sah Gina, dass der Mann in einer statischen Haltung stand und würgte, als seine großen Augen sie anstarrten.

Das Messer ragte aus seinem dicken, glänzenden Hals und dunkelrotes Blut sickerte über den Kragen seines schwarzen Mantels.

Sein Schwanz war immer noch aufrecht, eine glänzende Spur von Sperma baumelte von der Spitze.

Seine benommenen Augen blieben auf Ginas gerichtet, als ihr Mund auffiel und Blut auf ihre Unterlippe floss.

Es gelang ihm, das Wort 'Bitch' zu gurgeln, bevor er zurückbrach und gegen die Tür krachte.

Gina starrte ihn einen Moment an, ihre Brust hob und senkte sich, bevor sie ein verrücktes Lachen ausstieß. Sein Plan hatte funktioniert.

Erstes Mal. Sie hatte gesehen, wie er seine Augen im Spiegel schloss, als er ejakulierte, und sie schwelgte in der Tatsache, dass er den Angriff so viel einfacher gemacht hatte.

Sie schnappte sich ihre Kleidung und zog sich schnell an, diesmal zog sie ihr Höschen wieder an.

Sie griff nach ihrer Tasche und trat ihren Angreifer mit der scharfen Spitze ihrer Ferse. Dann spuckte sie ihm ins Gesicht.

"Das ist, weil du mich eine Hure nennst, du Hurensohn!"

Er schob seinen Körper zurück, damit er die Tür öffnen konnte.

Die Rückseite seines Schädels schlug mit einem dumpfen Schlag auf den Teppich, als er die Tür öffnete.

Sie ging auf Zehenspitzen über den blutgetränkten Körper und betrat das Schlafzimmer.

Sie sah Johns Körper auf dem Bett an.

Blut auf dem Boden.

Blut auf dem Bett.

Tod, wohin er auch schaute.

Es war zu viel.

Gina rannte aus dem Raum und die Wendeltreppe hinunter, so schnell ihre Fersen sie tragen konnten. Purpurrote Dreiecke befleckten den Boden, als sie vorbeikam.

Am Fuß der Treppe blieb sie stehen, wischte sich die Tränen ab und kontrollierte ihre Gedanken.

Dieser Lebensstil hatte alles für sie ruiniert.

Er hatte sie elend und zynisch gegenüber Männern gemacht.

Er hatte seine Moral neu organisiert.

Und dieser fette tote Bastard war einer der schlimmsten mit seinen korrupten Wegen und schmutzigen Fantasien.

Er war ein Vorbild in der Gesellschaft, aber er verbreitete und infizierte alles, was er berührte, mit seinen korrupten Wegen.

Einschließlich sie.

Es hatte ihn zu etwas gemacht, was sie nicht war.

Und jetzt hatte er sie in einen Mörder verwandelt.

Sie hatte zur Selbstverteidigung getötet und die Scheiße, die in einer Blutlache lag, verdiente alles, was ihr passiert war.

Aber sie wusste, dass sie niemals vergessen würde.

Wie er sie misshandelt hatte, als wäre sie nichts weiter als eine schmutzige Hure, und wie sein Körper sie verraten hatte, indem er mit Vergnügen auf die Berührung seiner schmutzigen und mörderischen Hände reagierte.

Wie viele Leben anderer Mädchen müssen diese beiden ruiniert haben?

Und wie sehr haben diese Mädchen weiter gelitten?

Ich werde nicht mehr leiden, dachte Gina.

Er rannte die Treppe hinauf und ins Schlafzimmer.

Der Anblick der beiden toten Leichen ließ sie sich übergeben, aber sie schluckte ihre Übelkeit mit einem Ellbogen und ging zum Bett.

Johns Gesicht war eine Maske des Grauens, sein Mund schwarz und weit wie ein Fisch, seine Augen vor Schrecken gefroren.

Gina sah weg und suchte nach dem goldenen Armband um ihr dickes Handgelenk.

Es gab ein dünnes rechteckiges Medaillon, das die Kette befestigte.

Sie öffnete es und las die Nummer darin: 47689.

Sie wiederholte die Zahl in ihrem Kopf wie ein Mantra, schloss das Medaillon und griff in ihre Tasche.

Er holte ein Taschentuch heraus und wischte die Fingerabdrücke vom Medaillon.

Er warf John einen letzten abweisenden Blick zu, bevor er sich umdrehte und die Treppe hinunter rannte.

Er rannte den Flur entlang, bis er Johns Arbeitszimmer erreichte und die Tür öffnete.

Er überflog den Raum, bis sein Blick auf das fiel, wofür er gekommen war.

John ist in Sicherheit.

Er hatte bei einem von Ginas Besuchen mit dem Inhalt geprahlt und sie hatte verlangt zu wissen, was drin war.

"Edler Schmuck", hatte er mit einem arroganten Lächeln gesagt.

"Es ist mehr wert als dieses ganze Haus."

Dann klopfte er an die Kette an seinem Handgelenk und legte den Finger an die Lippen.

"Shh".

Gina ging zum Safe an der Wand und wählte die Kombination.

Der Safe klickte, um anzuzeigen, dass er geöffnet werden konnte.

Sie öffnete die Stahltür und sah hinein.

Auf einem Stapel brauner Umschläge lag eine samtig rote Schmuckschatulle.

Gina spürte einen Knoten in ihrem Bauch.

Sie öffnete es und fand die unglaublichste Diamantkette, die sie je gesehen hatte. Ihre wunderschön gefertigten Steine funkelten mit filmischem Effekt.

"Es ist mehr wert als dieses ganze Haus", flüsterte sie vor sich hin.

Genug, um alle Ihre Schulden und etwas anderes abzuzahlen.

Mit schlagendem Herzen in der Brust schloss sie den Deckel und steckte die Schmuckschatulle in ihre Tasche.

Dann schloss sie den Safe und rieb das Taschentuch an ihren möglichen Fingerabdrücken.

Sie eilte aus dem Arbeitszimmer und den Flur hinunter zur Haustür und überprüfte, ob ihre Absätze keine belastenden Abdrücke von ihr auf ihren glänzenden Brettern hinterlassen hatten.

Nicht deins.

Sie öffnete die Tür des Hauses.

Die kühle, weiche Luft traf ihre Wangen, als sie in die Nacht driftete und die Last der Anwesenheit im Haus sich sofort von ihren Schultern hob.

Endlich frei rannte sie die Schotterauffahrt hinunter, sprang in ihr Auto und warf ihre Tasche auf den Beifahrersitz.

Sie ließ ihren Kopf auf das Lenkrad fallen und stieß einen leisen, kehligen Schrei aus.

Erschöpft und erschöpft griff sie in ihre Tasche und holte ihr Handy heraus.

Sie wählte 911.

"Polizei bitte, ich habe gerade einen Mann getötet."

ENDE

www.ingramcontent.com/pod-product-compliance
Lightning Source LLC
Chambersburg PA
CBHW021744150726
47989CB00004B/1511